FERNANDO PESSOA

O MARINHEIRO
E OUTROS TEXTOS DRAMÁTICOS

FERNANDO PESSOA

O MARINHEIRO
E OUTROS TEXTOS DRAMÁTICOS

Principis

Esta é uma publicação Principis, selo exclusivo da Ciranda Cultural
© 2021 Ciranda Cultural Editora e Distribuidora Ltda.

Texto
Fernando Pessoa

Produção editorial
Ciranda Cultural

Editora
Michele de Souza Barbosa

Diagramação
Linea Editora

Revisão
Agnaldo Alves

Design de capa
Ciranda Cultural

Dados Internacionais de Catalogação na Publicação (CIP) de acordo com ISBD

P475m   Pessoa, Fernando

O marinheiro e outros textos dramáticos / Fernando Pessoa. - Jandira, SP : Principis, 2021.
64 p. ; 15,50cm x 22,60cm. - (Clássicos da literatura mundial).

ISBN: 978-65-5552-627-1

1. Literatura portuguesa. 2. Sonho. 3. Imaginação. 4. Clássicos da literatura. 5. Drama. 6. Mistério. I. Título.

2021-0124

CDD 869.04
CDU 821.134.3

Elaborado por Lucio Feitosa - CRB-8/8803

Índice para catálogo sistemático:
1. Literatura brasileira 869.04
2. Literatura brasileira 821.134.3

1ª edição em 2021
www.cirandacultural.com.br
Todos os direitos reservados.
Nenhuma parte desta publicação pode ser reproduzida, arquivada em sistema de busca ou transmitida por qualquer meio, seja ele eletrônico, fotocópia, gravação ou outros, sem prévia autorização do detentor dos direitos, e não pode circular encadernada ou encapada de maneira distinta daquela em que foi publicada, ou sem que as mesmas condições sejam impostas aos compradores subsequentes.

SUMÁRIO

Apresentação 7

O marinheiro 9

A morte do príncipe 28

Diálogo no jardim do palácio 38

"Tenho em mim todos os sonhos do mundo" 45

Obras publicadas em vida 58

Obras póstumas 59

Cronologia 61

SUMÁRIO

APRESENTAÇÃO

SOBRE O TEATRO ESTÁTICO E AS PRINCIPAIS OBRAS DO AUTOR

O teatro estático caracteriza-se por "apresentar inércias, isto é, […] revelar as almas naquilo que elas contêm que não produz ação, nem se revela através da ação, mas fica dentro delas", como escreveu Fernando Pessoa.

É o teatro estático, cujo enredo dramático não constitui ação, isto é, onde as figuras não só não agem, porque nem se deslocam nem dialogam sobre deslocarem-se, mas nem sequer têm sentidos capazes de produzir uma ação. O mais fundamental é a revelação das almas. Ele não se foca em contar uma história; concebe, porém, uma atmosfera para apresentar um estado ou uma situação pura. Os efeitos do espetáculo são, geralmente, realizados na peça estática por meio da linguagem, em vez da ação do sentido aristotélico.

A incursão de Pessoa no teatro estático começou em 1913, com *O marinheiro*. Este tipo de teatro surgiu por influência direta da corrente simbolista francesa do final do século XIX e, sobretudo, de Maurice Maeterlinck, um dos expoentes máximos deste movimento.

Fernando Pessoa era admirador inconteste de Maeterlinck – é sabido que ele tinha em sua biblioteca um exemplar da obra dramática do autor belga, comprada precisamente em 1913 e conservada até o final da sua vida –, e em diversos estudos mostra-se que é possível estabelecer um paralelismo entre as peças de Maeterlinck e *O marinheiro*, mostrando de fato "uma influência decisiva na criação teatral de Pessoa, assim como na própria noção de teatro estático", como referem Freitas e Ferrari[1], no livro *Teatro estático, Fernando Pessoa*.

Apesar da clara influência do simbolismo francês em peças como *O marinheiro*, Pessoa não se limitou a copiar as características do movimento: adaptou-o de modo a criar sua própria noção de teatro, abordando temáticas essenciais em seu universo e de sua predileção.

Chamado por boa parcela dos críticos e escritores de antiteatro, não sobreviveu por muito tempo. As peças desta classe acabaram por ser considerados poemas dramáticos, como é o caso de *O marinheiro*, de Fernando Pessoa.

O marinheiro, datado em 1913 e publicado na revista *Orpheu* no ano de 1915, é considerado um teatro dramático de Fernando Pessoa, no qual a narrativa explora o sonho e vidas imaginadas de três mulheres. A peça se passa em um velório, onde o clima melancólico paira no ambiente e a noite custa a passar. A narrativa é estática, as personagens estão sentadas em cadeiras e conversam entre elas.

Diálogo no jardim do palácio e *A morte do príncipe*, datadas de cerca de 1913 e cerca de 1914, respectivamente, exploram o mistério da existência e o significado da vida.

---

[1] Filipa de Freitas e Patricio Ferrari, organizadores da coleção de peças de teatro estático de Fernando Pessoa. *Teatro estático, Fernando Pessoa*, Tinta-da-China. (N.R.)

O MARINHEIRO

Um quarto que é sem dúvida num castelo antigo. Do quarto vê-se que é circular. Ao centro ergue-se, sobre uma essa, um caixão com uma donzela, de branco. Quatro tochas aos cantos. À direita, quase em frente a quem imagina o quarto, há uma única janela, alta e estreita, dando para onde só se vê, entre dois montes longínquos, um pequeno espaço de mar.

Do lado da janela velam três donzelas. A primeira está sentada em frente à janela, de costas contra a tocha de cima da direita. As outras duas estão sentadas uma de cada lado da janela.

É noite e há como que um resto vago de luar.

PRIMEIRA VELADORA – Ainda não deu hora nenhuma.

SEGUNDA – Não se podia ouvir. Não há relógio aqui perto. Dentro em pouco deve ser dia.

TERCEIRA – Não: o horizonte é negro.

PRIMEIRA – Não desejais, minha irmã, que nos entretenhamos contando o que fomos? É belo e é sempre falso...

SEGUNDA – Não, não falemos disso. De resto, fomos nós alguma coisa?

PRIMEIRA – Talvez. Eu não sei. Mas, ainda assim, sempre é belo falar do passado... As horas têm caído e nós temos guardado silêncio. Por mim, tenho estado a olhar para a chama daquela vela. Às vezes treme, outras torna-se mais amarela, outras vezes empalidece. Eu não sei por que é que isso se dá. Mas sabemos nós, minhas irmãs, por que se dá qualquer coisa?...

(uma pausa)

A MESMA – Falar do passado... isso deve ser belo, porque é inútil e faz tanta pena...

SEGUNDA – Falemos, se quiserdes, de um passado que não tivéssemos tido.

TERCEIRA – Não. Talvez o tivéssemos tido...

PRIMEIRA – Não dizeis senão palavras. É tão triste falar! É um modo tão falso de nos esquecermos!... Se passeássemos?...

TERCEIRA – Onde?

PRIMEIRA – Aqui, de um lado para o outro. Às vezes isso vai buscar sonhos.

TERCEIRA – De quê?

PRIMEIRA – Não sei. Por que o havia eu de saber?

(uma pausa)

SEGUNDA – Todo este país é muito triste... Aquele onde eu vivi outrora era menos triste. Ao entardecer eu fiava, sentada à minha janela. A janela dava para o mar e às vezes havia uma ilha ao longe... Muitas vezes eu não fiava; olhava para o mar e esquecia-me de viver. Não sei se era feliz. Já não tornarei a ser aquilo que talvez eu nunca fosse...

PRIMEIRA – Fora de aqui, nunca vi o mar. Ali, daquela janela, que é a única de onde o mar se vê, vê-se tão pouco!... O mar de outras terras é belo?

SEGUNDA – Só o mar das outras terras é que é belo. Aquele que nós vemos dá-nos sempre saudades daquele que não veremos nunca...

(uma pausa)

PRIMEIRA – Não dizíamos nós que íamos contar o nosso passado?

SEGUNDA – Não, não dizíamos.

TERCEIRA – Por que não haverá relógio neste quarto?

SEGUNDA – Não sei... Mas assim, sem o relógio, tudo é mais afastado e misterioso. A noite pertence mais a si própria... Quem sabe se nós poderíamos falar assim se soubéssemos a hora que é?

PRIMEIRA – Minha irmã, em mim tudo é triste. Passo Dezembros na alma... Estou procurando não olhar para a janela... Sei que de lá se veem, ao longe, montes... Eu fui feliz para além de montes, outrora... Eu era pequenina. Colhia flores todo o dia e antes de adormecer pedia que não mas tirassem... Não sei o que isto tem de irreparável que me dá vontade de chorar... Foi longe daqui que isto pôde ser... Quando virá o dia?...

TERCEIRA – Que importa? Ele vem sempre da mesma maneira... sempre, sempre, sempre...

(uma pausa)

SEGUNDA – Contemos contos umas às outras... Eu não sei contos nenhuns, mas isso não faz mal... Só viver é que faz mal... Não rocemos pela vida nem a orla das nossas vestes... Não, não vos levanteis. Isso seria um gesto, e cada gesto interrompe um sonho... Neste momento eu não tinha sonho nenhum, mas é-me suave pensar que o podia estar tendo... Mas o passado... por que não falamos nós dele?

PRIMEIRA – Decidimos não o fazer... Breve raiará o dia e arrepender-nos-emos... Com a luz os sonhos adormecem... O passado não é senão um sonho... De resto, nem sei o que não é sonho... Se olho para o presente com muita atenção, parece-me que ele já passou... O que é qualquer coisa? Como é que ela passa? Como é por dentro o modo como ela passa?... Ah, falemos, minhas irmãs, falemos alto, falemos todas juntas... O silêncio começa a tomar corpo, começa a ser coisa... Sinto-o envolver-me como uma névoa... Ah, falai, falai!...

SEGUNDA – Para quê?... Fito-vos a ambas e não vos vejo logo... Parece-me que entre nós se aumentaram abismos... Tenho que cansar a ideia de que vos posso ver para poder chegar a ver-vos... Este ar quente é frio por dentro, naquela parte que toca na alma… Eu devia agora sentir mãos impossíveis passarem-me pelos cabelos… As mãos pelos cabelos… é o gesto com que falam das sereias… (*Cruza as mãos sobre os joelhos. Pausa.*) Ainda há pouco, quando eu não pensava em nada, estava pensando no meu passado.

PRIMEIRA – Eu também devia ter estado a pensar no meu…

TERCEIRA – Eu já não sabia em que pensava… No passado dos outros talvez…, no passado de gente maravilhosa que nunca existiu… Ao pé da casa de minha mãe corria um riacho… Por que é que correria, e por que é que não correria mais longe, ou mais perto?… Há alguma razão para qualquer coisa ser o que é? Há para isso qualquer razão verdadeira e real como as minhas mãos?

SEGUNDA – As mãos não são verdadeiras nem reais… São mistérios que habitam na nossa vida… Às vezes, quando fito as minhas mãos, tenho medo de Deus… Não há vento que mova as chamas das velas, e olhai, elas movem-se… Para onde se inclinam elas?… Que pena se alguém pudesse responder!… Sinto-me desejosa de ouvir músicas bárbaras que devem agora estar tocando em palácios de outros continentes… É sempre longe da minha alma… Talvez porque, quando criança, corri atrás das ondas à beira-mar. Levei a vida pela mão entre rochedos, maré baixa, quando o mar parece ter cruzado as mãos sobre o peito e ter adormecido como uma estátua de anjo para que nunca mais ninguém olhasse…

TERCEIRA – As vossas frases lembram-me a minha alma…

SEGUNDA – É talvez por não serem verdadeiras… Mal sei que as digo… Repito-as seguindo uma voz que não ouço mas que está segredando… Mas eu devo ter vivido realmente à beira-mar… Sempre que uma coisa ondeia, eu amo-a… Há ondas na minha alma… Quando

ando embalo-me... Agora eu gostaria de andar... Não o faço porque não vale nunca a pena fazer nada, sobretudo o que se quer fazer... Dos montes é que eu tenho medo... É impossível que eles sejam tão parados e grandes... Devem ter um segredo de pedra que se recusam a saber que não têm... Se desta janela, debruçando-me, eu pudesse deixar de ver montes, debruçar-se-ia um momento da minha alma alguém em quem eu me sentisse feliz...

PRIMEIRA – Por mim, amo os montes... Do lado de cá de todos os montes é que a vida é sempre feia... Do lado de lá, onde mora minha mãe, costumávamos sentarmo-nos à sombra dos tamarindos e falar de ir ver outras terras... Tudo ali era longo e feliz como o canto de duas aves, uma de cada lado do caminho... A floresta não tinha outras clareiras senão os nossos pensamentos... E os nossos sonhos eram de que as árvores projectassem no chão outra calma que não as suas sombras... Foi decerto assim que ali vivemos, eu e não sei se mais alguém... Dizei-me que isto foi verdade para que eu não tenha de chorar...

SEGUNDA – Eu vivi entre rochedos e espreitava o mar... A orla da minha saia era fresca e salgada batendo nas minhas pernas nuas... Eu era pequena e bárbara... Hoje tenho medo de ter sido... O presente parece-me que durmo... Falai-me das fadas. Nunca ouvi falar delas a ninguém... O mar era grande demais para fazer pensar nelas... Na vida aquece ser pequeno... Éreis feliz, minha irmã?

PRIMEIRA – Começo neste momento a tê-lo sido outrora... De resto, tudo aquilo se passou na sombra... As árvores viveram-no mais do que eu... Nunca chegou quem eu mal esperava... Eu vós, irmã, por que não falais?

TERCEIRA – Tenho horror a de aqui a pouco vos ter já dito o que vos vou dizer. As minhas palavras presentes, mal eu as diga, pertencerão logo ao passado, ficarão fora de mim, não sei onde, rígidas e fatais... Falo e penso nisto na minha garganta, e as minhas palavras parecem-me gente... Tenho um medo maior do que eu. Sinto na minha mão, não sei como, a chave de uma porta desconhecida. E toda eu sou um amuleto ou um sacrário que estivesse com consciência de si próprio. É por isto que me apavora ir, como por uma floresta escura, através do mistério de falar... E afinal, quem sabe se eu sou assim e se é isto sem dúvida que sinto?...

PRIMEIRA – Custa tanto saber o que se sente quando reparamos em nós!... Mesmo viver sabe a custar tanto quando se dá por isso... Falai, portanto, sem reparardes que existis... Não nos íeis dizer quem éreis?

TERCEIRA – O que eu era outrora já não se lembra de quem sou... Pobre da feliz que eu fui!... Eu vivi entre as sombras dos ramos, e tudo na minha alma é folhas que estremecem. Quando ando ao sol a minha sombra é fresca. Passei a fuga dos meus dias ao lado de fontes, onde eu molhava, quando sonhava de viver, as pontas tranquilas dos meus dedos... Às vezes, à beira dos lagos, debruçava-me e fitava-me... Quando eu sorria, os meus dentes eram misteriosos na água... Tinham um sorriso só deles, independente do meu... Era sempre sem razão que eu sorria... Falai-me da morte, do fim de tudo, para que eu sinta uma razão para recordar...

PRIMEIRA – Não falemos de nada, de nada... Está mais frio, mas por que é que está mais frio? Não há razão para estar mais frio. Não é bem mais frio que está... Para que é que havemos de falar?... É melhor cantar, não sei porquê... O canto, quando a gente canta de noite, é uma pessoa alegre e sem medo que entra de repente no quarto e o aquece a consolar-nos... Eu podia cantar-vos uma canção que cantávamos em casa de meu passado. Por que é que não quereis que vo-la cante?

TERCEIRA – Não vale a pena, minha irmã... Quando alguém canta, eu não posso estar comigo. Tenho que não poder recordar-me. E depois todo o meu passado torna-se outro e eu choro uma vida morta que trago comigo e que não vivi nunca. É sempre tarde demais para cantar, assim como é sempre tarde demais para não cantar...

(uma pausa)

PRIMEIRA – Breve será dia... Guardemos silêncio... A vida assim o quer. Ao pé da minha casa natal havia um lago. Eu ia lá e assentava-me à beira dele, sobre um tronco de árvore que caíra quase dentro da água... Sentava-me na ponta e molhava na água os pés, esticando para baixo os dedos. Depois olhava excessivamente para as pontas dos pés, mas não era para as ver. Não sei porquê, mas parece-me deste lago que ele nunca existiu... Lembrar-me dele é como não me poder lembrar de nada... Quem sabe por que é que digo isto e se fui eu que vivi o que recordo?...

SEGUNDA – À beira-mar somos tristes quando sonhamos... Não podemos ser o que queremos ser, porque o que queremos ser queremo-lo sempre ter sido no passado... Quando a onda se espalha e a espuma chia, parece que há mil vozes mínimas a falar. A espuma só parece ser fresca a quem a julga uma... Tudo é muito e nós não sabemos nada... Quereis que vos conte o que eu sonhava à beira-mar?

PRIMEIRA – Podeis contá-lo, minha irmã; mas nada em nós tem necessidade de que no-lo conteis... Se é belo, tenho já pena de vir a tê-lo ouvido. E se não é belo, esperai... contai-o só depois de o alterardes.

SEGUNDA – Vou dizer-vo-lo. Não é inteiramente falso, porque sem dúvida nada é inteiramente falso. Deve ter sido assim... Um dia que eu dei por mim recostada no cimo frio de um rochedo, e que eu tinha esquecido que tinha pai e mãe e que houvera em mim infância e outros dias... nesse dia vi ao longe, como uma coisa que eu só pensasse em ver, a passagem vaga de uma vela... Depois ela cessou... Quando reparei para mim, vi que já tinha esse meu sonho... Não sei onde ele teve princípio... E nunca tornei a ver outra vela... Nenhuma das velas dos navios que saem aqui de um porto se parece com aquela, mesmo quando é lua e os navios passam longe devagar...

PRIMEIRA – Vejo pela janela um navio ao longe. É talvez aquele que vistes...

SEGUNDA – Não, minha irmã; esse que vedes busca sem dúvida um porto qualquer... Não podia ser que aquele que eu vi buscasse qualquer porto...

PRIMEIRA – Por que é que me respondestes?... Pode ser... Eu não vi navio nenhum pela janela... Desejava ver um e falei-vos dele para não ter pena... Contai-nos agora o que foi que sonhastes à beira-mar...

SEGUNDA – Sonhava de um marinheiro que se houvesse perdido numa ilha longínqua. Nessa ilha havia palmeiras hirtas, poucas, e aves vagas passavam por elas... Não vi se alguma vez pousavam... Desde que, naufragado, se salvara, o marinheiro vivia ali... Como ele não tinha meio de voltar à pátria, e cada vez que se lembrava dela sofria, pôs-se a sonhar uma pátria que nunca tivesse tido; pôs-se a fazer ter sido sua uma outra pátria, uma outra espécie de país com outras espécies de paisagem, e outra gente, e outro feitio de passarem pelas ruas e de se debruçarem das janelas... Cada hora ele construía em sonho esta falsa pátria, e ele nunca deixava de sonhar, de dia à sombra curta das grandes palmeiras, que se recortava, orlada de bicos, no chão areento e quente; de noite, estendido na praia, de costas e não reparando nas estrelas.

PRIMEIRA – Não ter havido uma árvore que mosqueasse sobre as minhas mãos estendidas a sombra de um sonho como esse!...

TERCEIRA – Deixai-a falar... Não a interrompais... Ela conhece palavras que as sereias lhe ensinaram... Adormeço para a poder escutar... Dizei, minha irmã, dizei... Meu coração dói-me de não ter sido vós quando sonháveis à beira-mar...

SEGUNDA – Durante anos e anos, dia a dia, o marinheiro erguia num sonho contínuo a sua nova terra natal... Todos os dias punha uma pedra de sonho nesse edifício impossível... Breve ele ia tendo um país que já tantas vezes havia percorrido. Milhares de horas lembrava-se já de ter passado ao longo de suas costas. Sabia de que cor soíam ser os crepúsculos numa baía do Norte, e como era suave entrar, noite alta, e com a alma recostada no murmúrio da água que o navio abria, num grande porto do Sul onde ele passara outrora, feliz talvez, das suas mocidades a suposta...

(uma pausa)

PRIMEIRA – Minha irmã, por que é que vos calais?

SEGUNDA – Não se deve falar demasiado... A vida espreita-nos sempre... Toda a hora é materna para os sonhos, mas é preciso não o saber... Quando falo demais começo a separar-me de mim e a ouvir-me falar. Isso faz com que me compadeça de mim própria e sinta demasiadamente o coração. Tenho então uma vontade lacrimosa de o ter nos braços para o poder embalar como a um filho... Vede: o horizonte empalideceu... O dia não pode já tardar... Será preciso que eu vos fale ainda mais do meu sonho?

PRIMEIRA – Contai sempre, minha irmã, contai sempre... Não pareis de contar, nem repareis em dias que raiam... O dia nunca raia para quem encosta a cabeça no seio das horas sonhadas... Não torçais as mãos. Isso faz um ruído como o de uma serpente furtiva... Falai-nos muito mais do vosso sonho. Ele é tão verdadeiro que não tem sentido nenhum. Só pensar em ouvir-nos me toca música na alma...

SEGUNDA – Sim, falar-vos-ei mais dele. Mesmo eu preciso de vo-lo contar. À medida que o vou contando, é a mim também que o conto... São três a escutar... *(De repente, olhando para o caixão, e estremecendo.)* Três não... Não sei... Não sei quantas...

TERCEIRA – Não faleis assim... Contai depressa, contai outra vez... Não faleis em quantos podem ouvir... Nós nunca sabemos quantas coisas realmente vivem e veem e escutam... Voltai ao nosso sonho... O marinheiro. O que sonhava o marinheiro?...

SEGUNDA *(mais baixo, numa voz muito lenta)* – Ao princípio ele criou as paisagens; depois criou as cidades; criou depois as ruas e as travessas, uma a uma, cinzelando-as na matéria da sua alma... uma a uma as ruas, bairro a bairro, até às muralhas do cais de onde ele criou depois os portos... Uma a uma as ruas, e a gente que as percorria e que olhava sobre elas das janelas... Passou a conhecer certa gente, como quem a reconhece apenas... Ia-lhes conhecendo as vidas passadas e as conversas, e tudo isto era como quem sonha apenas paisagens e as vai vendo... Depois viajava, recordado, através do país que criara... E assim foi construindo o seu passado... Breve tinha uma outra vida anterior... Tinha já, nessa nova pátria, um lugar onde nascera, os lugares onde passara a juventude, os portos onde embarcara... Ia tendo tido os companheiros da infância e depois os amigos e inimigos da sua idade viril... Tudo era diferente de como ele o tivera... nem o país, nem a gente, nem o seu passado próprio se pareciam com o que haviam sido... Exigis que eu continue?... Causa-me tanta pena falar disto!... Agora, porque vos falo disto, aprazia-me mais estar-vos falando de outros sonhos...

TERCEIRA – Continuai, ainda que não saibais porquê... Quanto mais vos ouço, mais me não pertenço...

PRIMEIRA – Será bom realmente que continueis? Deve qualquer história ter fim? Em todo o caso falai... Importa tão pouco o que dizemos ou não dizemos... Velamos as horas que passam... O nosso mister é inútil como a Vida...

SEGUNDA – Um dia, que chovera muito, e o horizonte estava mais incerto, o marinheiro cansou-se de sonhar... Quis então recordar a sua pátria verdadeira... mas viu que não se lembrava de nada, que ela não existia para ele... Meninice de que se lembrasse, era a na sua pátria de sonho; adolescência que recordasse, era aquela que se criara... Toda a sua vida tinha sido a sua vida que sonhara... E ele viu que não podia ser que outra vida tivesse existido... Se ele nem de uma rua, nem de uma figura, nem de um gesto materno se lembrava... E da vida que lhe parecia ter sonhado, tudo era real e tinha sido... Nem sequer podia sonhar outro passado, conceber que tivesse tido outro, como todos, um momento, podem crer... Ó minhas irmãs, minhas irmãs... Há qualquer coisa, que não sei o que é, que vos não disse... qualquer coisa que explicaria isto tudo... A minha alma esfria-me... Mal sei se tenho estado a falar... Falai-me, gritai-me, para que eu acorde, para que eu saiba que estou aqui ante vós e que há coisas que são apenas sonhos...

PRIMEIRA *(numa voz muito baixa)* – Não sei que vos diga... Não ouso olhar para as coisas... Esse sonho como continua?...

SEGUNDA – Não sei como era o resto... Mal sei como era o resto... Por que é que haverá mais?

PRIMEIRA – E o que aconteceu depois?

SEGUNDA – Depois? Depois de quê? Depois é alguma coisa?... Veio um dia um barco... Veio um dia um barco... Sim, sim... só podia ter sido assim... Veio um dia um barco, e passou por essa ilha, e não estava lá o marinheiro....

TERCEIRA – Talvez tivesse regressado à pátria... Mas a qual?

PRIMEIRA – Sim, a qual? E o que teriam feito ao marinheiro? Sabê-lo-ia alguém?

SEGUNDA – Porque é que mo perguntais? Há resposta para alguma coisa?

(uma pausa)

TERCEIRA – Será absolutamente necessário, mesmo dentro do vosso sonho, que tenha havido esse marinheiro e essa ilha?

SEGUNDA – Não, minha irmã; nada é absolutamente necessário.

PRIMEIRA – Ao menos, como acabou o sonho?

SEGUNDA – Não acabou... Não sei... Nenhum sonho acaba... Sei eu ao certo se o não continuo sonhando, se o não sonho sem o saber, se o sonhá-lo não é esta coisa vaga a que eu chamo a minha vida?... Não me faleis mais... Princípio a estar certa de qualquer coisa, que não sei o que é... Avançam para mim, por uma noite que não é esta, os passos de um horror que desconheço... Quem teria eu ido despertar com o sonho meu que vos contei?... Tenho um medo disforme de que Deus tivesse proibido o meu sonho... Ele é sem dúvida mais real do que Deus permite... Não estejais silenciosas. Dizei-me ao menos que a noite vai passando, embora eu o saiba... Vede, começa a ir ser dia... Vede: vai haver o dia real... Paremos... Não pensemos mais... Não tentemos seguir nesta aventura interior... Quem sabe o que está no fim dela?... Tudo isto, minhas irmãs, passou-se na noite... Não falemos mais disto, nem a nós próprias... É humano e conveniente que tomemos, cada qual, a sua atitude de tristeza.

TERCEIRA – Foi-me tão belo escutar-vos... Não digais que não... Bem sei que não valeu a pena... É por isso que o achei belo... Não foi por isso, mas deixai que eu o diga... De resto, a música da vossa voz, que escutei ainda mais que as vossas palavras, deixa-me, talvez só por ser música, descontente...

SEGUNDA – Tudo deixa descontente, minha irmã... Os homens que pensam cansam-se de tudo, porque tudo muda. Os homens que passam provam-no, porque mudam com tudo... De eterno e belo há apenas o sonho... Por que estamos nós falando ainda?...

PRIMEIRA – Não sei... *(olhando para o caixão, em voz mais baixa)*... Por que é que se morre?

SEGUNDA – Talvez por não se sonhar bastante...

PRIMEIRA – É possível... Não valeria então a pena fecharmo-nos no sonho e esquecer a vida, para que a morte nos esquecesse?...

SEGUNDA – Não, minha irmã, nada vale a pena...

TERCEIRA – Minhas irmãs, é já dia... Vede, a linha dos montes maravilha-se... Por que não choramos nós?... Aquela que finge estar ali era bela, e nova como nós, e sonhava também... Estou certa que o sonho dela era o mais belo de todos... Ela de que sonharia?...

PRIMEIRA – Falai mais baixo. Ela escuta-nos talvez, e já sabe para que servem os sonhos...

(uma pausa)

SEGUNDA – Talvez nada disto seja verdade... Todo este silêncio e esta morta, e este dia que começa não são talvez senão um sonho... Olhai bem para tudo isto... Parece-vos que pertence à vida?...

PRIMEIRA – Não sei. Não sei como se é da vida... Ah, como vós estais parada! E os vossos olhos são tristes, parece que o estão inutilmente...

SEGUNDA – Não vale a pena estar triste de outra maneira... Não desejais que nos calemos? É tão estranho estar a viver... Tudo o que acontece é inacreditável, tanto na ilha do marinheiro como neste mundo... Vede, o céu é já verde. O horizonte sorri ouro... Sinto que me ardem os olhos de eu ter pensado em chorar...

PRIMEIRA – Chorastes, com efeito, minha irmã.

SEGUNDA – Talvez... Não importa... Que frio é este? O que é isto?... Ah, é agora... é agora!... Dizei-me isto... Dizei-me uma coisa ainda... Por que não será a única coisa real nisto tudo o marinheiro, e nós e tudo isto aqui apenas um sonho dele?...

PRIMEIRA – Não faleis mais, não faleis mais... Isso é tão estranho que deve ser verdade... Não continueis... O que íeis dizer não sei o que é, mas deve ser demais para a alma o poder ouvir... Tenho medo do que não chegastes a dizer... Vede, vede, é dia já... Vede o dia... Fazei tudo por repardes só no dia, no dia real, ali fora... Vede-o, vede-o... Ele consola... Não penseis, não olheis para o que pensais... Vede-o a vir, o dia... Ele brilha como ouro numa terra de prata. As leves nuvens arredondam-se à medida que se coloram... Se nada existisse, minhas irmãs?... Se tudo fosse, de qualquer modo, absolutamente coisa nenhuma?... Por que olhastes assim?...

(Não lhe respondem. E ninguém olhara de nenhuma maneira.)

A MESMA – Que foi isso que dissestes e que me apavorou?... Senti-o tanto que mal vi o que era... Dizei-me o que foi, para que eu ouvindo-o segunda vez, já não tenha tanto medo como dantes... Não, não... Não digais nada... Não vos pergunto isto para que me respondais, mas para falar apenas, para me não deixar pensar... Tenho medo de me poder lembrar do que foi... Mas foi qualquer coisa de grande e pavoroso como o haver Deus... Devíamos já ter acabado de falar... Há tempo já que a nossa conversa perdeu o sentido... O que é entre nós que nos faz falar prolonga-se demasiadamente... Há mais presenças aqui do que as nossas almas... O dia devia ter já raiado... Deviam já ter acordado... Tarda qualquer coisa... Tarda tudo... O que é que se está dando nas coisas de acordo com o nosso horror?... Ah, não me abandoneis... Falai comigo, falai comigo... Falai ao mesmo tempo do que eu para não deixardes sozinha a minha voz... Tenho menos medo à minha voz do que à ideia da minha voz, dentro de mim, se for reparar que estou falando...

TERCEIRA – Que voz é essa com que falais?... É de outra... Vem de uma espécie de longe...

PRIMEIRA – Não sei... Não me lembreis isso... Eu devia estar falando com a voz aguda e tremida do medo... Mas já não sei como é que se fala... Entre mim e a minha voz abriu-se um abismo... Tudo isto, toda esta conversa e esta noite, e este medo, tudo isto devia ter acabado, devia ter acabado de repente, depois do horror que nos dissestes... Começo a sentir que o esqueço, a isso que dissestes, e que me fez pensar que eu devia gritar de uma maneira nova para exprimir um horror de aqueles...

TERCEIRA (*para a* SEGUNDA) – Minha irmã, não nos devíeis ter contado esta história. Agora estranho-me viva com mais horror. Contáveis e eu tanto me distraía que ouvia o sentido das vossas palavras e o seu som separadamente. E parecia-me que vós, e a vossa voz, e o sentido do que dizíeis eram três entres diferentes, como três criaturas que falam e andam.

SEGUNDA – São realmente três entes diferentes, com vida própria e real. Deus talvez saiba porquê... Ah, mas por que é que falamos? Quem é que nos faz continuar falando? Por que falo eu sem querer falar? Por que é que já não reparamos que é dia?...

PRIMEIRA – Quem pudesse gritar para despertarmos! Estou a ouvir-me a gritar dentro de mim, mas já não sei o caminho da minha vontade para a minha garganta. Sinto uma necessidade feroz de ter medo de que alguém possa agora bater àquela porta. Por que não bate alguém à porta? Seria impossível e eu tenho necessidade de ter medo disso, de saber de que é que tenho medo... Que estranha que me sinto!... Parece-me já não ter a minha voz... Parte de mim adormeceu e ficou a ver... O meu pavor cresceu, mas eu já não sei senti-lo... Já não sei em que parte da alma é que se sente... Puseram ao meu sentimento do corpo uma mortalha de chumbo... Para que foi que nos contastes a vossa história?

SEGUNDA – Já não me lembro... Já mal me lembro que a contei... Parece ter sido já há tanto tempo!... Que sono, que sono absorve o meu modo de olhar para as coisas!... O que é que nós queremos fazer? O que é que nós temos ideia de fazer? Já não sei se é falar ou não falar...

PRIMEIRA – Não falemos mais. Por mim, cansa-me o esforço que fazeis para falar... Dói-me o intervalo que há entre o que pensais e o que dizeis... A minha consciência boia à tona da sonolência apavorada dos meus sentidos pela minha pele... Não sei o que é isto, mas é o que sinto... Preciso dizer frases confusas, um pouco longas, que custem a dizer... Não sentis tudo isto como uma aranha enorme que nos tece de alma a alma uma teia negra que nos prende?

SEGUNDA – Não sinto nada... Sinto as minhas sensações como uma coisa que se sente... Quem é que eu estou sendo?... Quem é que está falando com a minha voz?... Ah, escutai...

PRIMEIRA E TERCEIRA – Quem foi?

SEGUNDA – Nada. Não ouvi nada... Quis fingir que ouvia para que vós supusésseis que ouvíeis e eu pudesse crer que havia alguma coisa a ouvir... Oh, que horror, que horror íntimo nos desata a voz da alma, e as sensações dos pensamentos, e nos faz falar e sentir e pensar quando tudo e nós pede o silêncio e o dia e a inconsciência da vida... Quem é a quinta pessoa neste quarto que estende o braço e nos interrompe sempre que vamos a sentir?

PRIMEIRA – Para que tentar apavorar-me? Não cabe mais terror dentro de mim... Peso excessivamente ao colo de me sentir. Afundei-me toda no lodo morno do que suponho que sinto. Entra-me por todos os sentidos qualquer coisa que os pega e mos vela. Pesam-me as pálpebras a todas as minhas sensações. Prende-se a língua a todos os meus sentimentos. Um sono fundo cola umas às outras as ideias de todos os meus gestos. Pro que foi que olhastes assim?...

TERCEIRA *(uma voz muito lenta e apagada)* – Ah, é agora, é agora... Sim, acordou alguém... Há gente que acorda... Quando entrar alguém tudo isto acabará... Até lá façamos por crer que todo este horror foi um longo sono que fomos dormindo... É dia já... Vai acabar tudo... E de tudo isto fica, minha irmã, que só vós sois feliz, porque acreditais no sonho...

SEGUNDA – Por que é que mo perguntais? Por que eu o disse? Não, não acredito...

Um galo canta. A luz, como que subitamente, aumenta. As três veladoras quedam-se silenciosas e sem olharem umas para as outras. Não muito longe, por uma estrada, um vago carro geme e chia.

A MORTE DO PRÍNCIPE

PRÍNCIPE – Todo este universo é um livro em que cada um de nós é uma frase. Nenhum de nós, por si mesmo, faz mais que um pequeno sentido, ou uma parte de sentido; só no conjunto do que se diz se percebe o que cada um verdadeiramente quer dizer. Uns são frases que como se erguem do texto a determinar o sentido de todo um capítulo, ou de toda uma intenção, e a esses denominamos génios; outros são simples palavras, contendo uma frase em si mesmas, ou adjetivos definindo grandemente, destacadas aqui ou ali, mas sem dizer o que importa ao conjunto, e são esses os homens de talento; uns são as frases de pergunta e resposta, pelas quais se forma a vida do diálogo, e esses são os homens de ação; outros são frases que aliviam o diálogo, tornando-o lento para depois se sentir mais rápido, pontuações verbais do discurso, e esses são os homens de inteligência. A maioria são as frases feitas, quase iguais umas às outras, sem cor nem relevo, que servem, todavia, de ligar as intenções das metáforas, de estabelecer a continuidade do discurso, de permitir que os relevos tenham relevo, existindo, aparentemente, só para que esses possam existir. De resto, não somos nós feitos, como a frase, de palavras comuns (e estas de sílabas simples) de substância constante, diversamente misturada, da humanidade vulgar? Não é o nosso amor o amor de todos e o nosso choro as lágrimas em si mesmas? Mas cada um de nós ama e chora ele, que não outro: há um objetivo de dentro que o indefine (dissolve) e determina.

Isto que te estou dizendo é sem dúvida delírio, porque não sei por que te o digo; mas, porque o digo sem saber, é também sem dúvida verdade.

E as figuras de xadrez e as das cartas de jogar ou adivinhar – seremos nós mais que elas onde a vida é vida?

Quando eu era menino beijava-me nos espelhos: era um sinal antecipado de que nunca haveria de amar. Tinha por mim, em adivinha de negação, a ternura que me nunca haveria de ser dada.

Por que não será tudo uma verdade inteiramente diferente, sem deuses, nem homens, nem razões? Por que não será tudo qualquer coisa que não podemos sequer conceber, que não concebemos – um mistério de outro mundo inteiramente? Por que não seremos nós – homens, deuses, e mundo – sonhos que alguém sonha, pensamentos que alguém pensa, postos fora sempre do que existe? E por que não será esse alguém que sonha ou pensa alguém que nem sonha nem pensa, súbdito ele mesmo do abismo e da ficção? Por que não será tudo outra-coisa, e coisa nenhuma, e o que não é a única coisa que existe? Em que parte estou que vejo isto como coisa que pode ser? Em que ponte passo que por baixo de mim, que estou tão alto, estão as luzes de todas as cidades do mundo e do outro mundo, e as nuvens das verdades desfeitas que pairam acima e a elas todas buscam, como se buscassem o que se pode cingir?

Tenho febre sem sono, e estou vendo sem saber o que vejo. Há grandes planícies tudo à roda, e os rios ao longe, e montanhas… Mas ao mesmo tempo não há nada disto, e estou com o princípio dos deuses e com um grande horror de partir ou ficar, e de onde estar e de que ser. E também este quarto onde te ouço olhar-me é uma coisa que conheço e como que vejo; e todas estas coisas estão juntas, e estão separadas, e nenhuma delas é o que é outra coisa que estou a ver se vejo.

Para que me deram um reino que ter se não terei melhor reino que esta hora que estou entre o que não fui e o que não serei?

PRÍNCIPE – Senta-te ali, aos pés da cama aonde eu quase que te não veja, e fala-me de coisas impossíveis...

Vou morrer.

X – Não, meu Senhor...

PRÍNCIPE – Sim, vou... Já tudo começa a ter outro aspecto e a falar aos meus olhos numa outra voz... Parece que não sou eu que estou cansado de existir, mas as coisas que se cansam de eu as ver... Começo a morrer nas coisas... O que se apaga de mim começa a apagar-se no céu, nas árvores, no quarto, nos cortinados deste leito Depois, pouco a pouco, ir-se-á apagando pelo meu corpo dentro até que fizer (*sic*) noite mesmo ao pé das janelas da minha alma.

X – Isso é belo de mais para que possais estar perto da morte...

PRÍNCIPE – É belo demais para que possa lembrar à vida... A curva dos montes, lá muito ao longe, torna-se, não mais indecisa mas mais indecisa de outra maneira... As árvores esbatem-se em sombras mas as folhas parecem-me extraordinariamente nítidas, evidentes de mais... A seda dos cortinados deste leito é uma outra espécie de seda... Afundo-me pouco a pouco... Não te entristeças... Eu era real de mais para poder reinar algum dia... O único trono que mereço é a morte... Não dizes nada?

X – Senhor, não morrereis...

PRÍNCIPE – Sinto um ruído qualquer... Ah, como parece ser o arranjarem-me as vestes para a minha coroação no meu melhor Reino!... Sinto tinir espadas e isso lembra-me o ver cair neve... Lembras-te de antigamente?... Eu era muito pequeno, e quando o silêncio da neve descia sobre a terra, íamo-nos sentar para a lareira do castelo a falar nas coisas que nunca aconteceriam... Quantas princesas amei no futuro que nunca tive!... Lembras-te – não te lembras? – de como eu ficava cansado pelos combates em que nunca havia de entrar...

X – Para vós, Senhor, só havia na vida amanhã...

PRÍNCIPE – Talvez porque o meu corpo sabia que eu teria que morrer cedo... Mas não era amanhã nunca para mim, era sempre depois de amanhã... Eu sonhava sempre com um futuro que estava sempre um pouco ao lado do futuro que teria...

X – Às vezes eu contava histórias de fadas...

PRÍNCIPE – Sim... Eram todas diferentes... Na minha terra toda a gente é igual... Cansa tanto olhar para gente!... Nas festas do palácio havia sempre grupos que segredavam do meu silêncio... Eu via-lho nos olhos... Eu ficava a um canto, sempre não vendo aquilo para que olhava... Via sempre coisas diferentes daqueles entre quem eu estava... Nas salas do palácio, os meus olhos estavam nos bosques e a minha ânsia de estender os braços com a frescura das ervas e a maciez das pétalas e a paisagem das fontes... (...) Eu nunca fui feliz... Quando, nas ameias do meu novo castelo, eu olhar debruçado a confusão pequenina do mundo, eu serei feliz completamente... Talvez nem mesmo assim seja feliz... Mas [sei d'alma] que todo o meu encanto seria estar aonde não estou para de lá poder desejar onde estar...

X – Não serão todos assim?

PRÍNCIPE – Quem são todos? Para mim todos são só um... Eu nunca conheci ninguém. Distinguia as pessoas como quem distingue pedras... Nunca me deram a impressão de serem reais, especialmente quando falavam... Diziam todas as mesmas coisas, todas tinham amores e ódios, alegrias e dores, ânsias e cansaços... Se alguma me falava de qualquer coisa, eu, se fechava os olhos, tinha sempre diante de mim o Homem. Não, há em toda a gente uma só pessoa que não existe... Que vago... Que vago...

X – Vago, o quê, meu senhor?

PRÍNCIPE – Tudo... O horizonte está muito longe, muito longe... Ainda assim não sei... não está... Sinto-o muito mais longe, mas não o vejo muito mais longe... Não sei bem o que vejo ou o que sinto... Talvez que as minhas sensações é que me sintam a mim... Parece-me que as coisas é que me sentem e que eu não existo senão porque as coisas me veem e me sentem... Era bom se assim fosse... Não sei por que seria bom... Talvez por ser outra coisa... Como os reposteiros são estranhos...

X – Estranhos? estranhos, meu senhor?

PRÍNCIPE – Demasiadamente ali... Tenho vontade de ter medo de os estar vendo assim... Que estranho, que estranho tudo!... A janela é uma coisa muito outra! Parece saber que veem através dela... Parece ver também... Parece que ela é que vê as coisas que nós vemos por ela... E a almofada, a almofada?

X – Que almofada, senhor? Essa...? Não a podeis ver...

PRÍNCIPE – Esta, esta... Não sei se a vejo... É enorme... Tem toda a extensão da vida!... Mergulho nela como num mar de [sombras juntas] que ainda na minha carne saibam a sonhos... As minhas mãos, ao tocar nas roupas do meu leito, sentem-lhes coisas que antes não lhes poderiam sentir, significações seguras, frescuras, renúncias tímidas de linho... Ah, mas que estranho! mas que estranho! Não sei bem onde estás... As coisas em torno a mim são de tamanhos que não deviam ter... O meu leito é imenso como o repouso de um mendigo... As minhas mãos têm um fulgor a incertas... Como que vejo por dentro os perfis e os contornos das coisas... Não te sei dizer o que sinto... Não te sei dizer o que sinto... Todas as coisas tomam aspectos atentos... Todas as coisas se tornam heráldicas de mistério... Já não há cores... Já não há cores... Ah! o que é isto que as cores são agora?... O que é isto... Não são elas... São sonhos de outras coisas... São aproximações de coisas que vão a chegar à terra do espaço... Devo ter muito medo... Devo ter muito medo...

X – Aquietai-vos, Senhor, aquietai-vos. Heis-de viver... Este fim de dia é tão belo que não pode morrer alguém nele... Vede como os restos do sol são roxos e cinzentos no ocidente! Deveis viver, para viver... Espera-vos o amor e a lida...

PRÍNCIPE – Nunca agi certo.

X – Senhor, não penseis nisso...

PRÍNCIPE – Tratai-me antes de Senhora... Sou uma princesa de quem se esqueceram quando buscaram rainha... Ah que horror, que horror!

X – Que tendes, Senhor? que tendes?

PRÍNCIPE – Oh como tudo está mais estranho ainda! Não há já formas – oh meu Deus, oh meu Deus – não há já formas... Transbordaram as coisas umas para dentro das outras... No ar há só restos de linhas... Tudo é um fumo de lugares... Poeira, poeira... tudo em poeira... (...) Tudo é cinza de tudo... Tudo é cinza de tudo... Há em mim labirintos de não poder ver... A janela? onde está a janela... É uma coisa que brilha extraordinariamente mas em parte nenhuma do espaço... Tudo é cinzas de um fumo... (...) Onde estás tu? onde estás tu?

X – Aqui, Senhor, aqui!...

PRÍNCIPE – Não sei se te não vejo... Não sei o que é que vejo... Já não há coisa nenhuma... (Numa voz lenta e calma) O que é isto tudo? Não sei de que lado está a vida... O espaço está ao contrário Não me sinto eu no meu mundo... Que estranho! que estranho! Onde é que está dando horas por dentro?... (...) Ah, vejo, vejo... Vejo agora! Vejo agora!

X – Que vedes, Senhor, que vedes? Acalmai, acalmai! Que vedes?

PRÍNCIPE – Vejo, vejo... Vejo através das coisas... As coisas escondiam... As coisas não eram senão um véu... Ergue-se o pano, ergue-se o pano do teatro... Tenho medo, tenho medo... Ah vejo, vejo enfim... Vejo enfim tudo... Olhai... Olhai... Agora vejo... Vejo as coisas reais, vejo as coisas que existem... Vede que surgem... (...) Vejo através das coisas como através dos meus olhos... As cidades sonhadas é que eram... reais... As coisas são apenas a visão trémula delas reflectidas nas águas do meu olhar... Só o que nunca se tornou real é que existe realmente... O que acontece é o que Deus deita fora... O que parece não é real, é as costas das mãos de Deus, a Sombra dos seus gestos... As princesas que eu sonhei é que existem... As da terra são apenas as bonecas com que as outras brincam, vestindo-as, corpo e alma, a seu modo...

PRÍNCIPE – No além, floresço em corpo e para fora numa roseira com rosas brancas, e para dentro e em alma num outro universo, meu – numa outra paisagem minha. O corpo da minha vida real é uma roseira branca no Além; a alma da minha vida real é um universo interior no Além, um universo de dentro com montes com o perfil da minha ânsia, prados da extensão dos meus desejos.

PRÍNCIPE – Oh que horror, que inesperado horror! Que complexo! que complexo! Sou a mesma roseira, mas estou vendo para dentro de mim... Tenho um reino, reino externo que sou eu além, tenho um universo meu – uma terra, uns céus... Vede... vede quem eu sou! Sinto-me roseira no escuro, mas olhando para dentro de mim vejo paisagens... Que paisagens amontoadas... Que contornos vagos! Que mistério estranho! Cada coisa é um universo para dentro... cada coisa no além é um universo perfeito olhando do seu corpo para a sua alma... Oh! Oh! já me não vejo. Sinto-me roseira toda perfumada... o corpo da minha realidade no além é uma roseira, que sinto mas não vejo... Os meus olhos esvaíram-se para a alma... Floriram para dentro as melhores flores do meu ser do além!...

X – Senhor! Senhor! Senhor! Já nem sequer me amas, já nem sequer me amas!

PRÍNCIPE – Que paisagem é esta que é uma roseira branca nas noites do além! Que (...) montes! que linha estranha que têm estes montes! Que vales tão aluindo-se.

PRÍNCIPE – Qual foi aquela batalha em que eu ia na frente dos meus corcéis, de pluma branca ondeando ao vento.

X – Não houve essa batalha, senhor. Não entraste nunca em combate...

PRÍNCIPE – Então por que me recordo tão bem disso? Eu ia indo e, não sei como, via-me longe. Eu era belo como não pode ser. A batalha durou muito tempo em que não se via nada. Ah, então essa foi uma derrota, uma derrota... Pobre de mim, que até os meus exércitos na guerra não podem vencer nem regressar...

PRÍNCIPE – É tudo as paredes de um grande poço a que não vejo o fundo… Que fundo, oh que fundo! De que lado é que é o negro? Aonde é por cima e por baixo? onde é que está o lugar onde eu estou? Ah, não sei onde está o espaço… Está tudo errado, tudo vazio de dentro para fora. Não tenho esquerda nem direita… Nem há lado nem posição… Ah, o que é isto tudo, o que é isto tudo? Tenho medo (…) Fecha-me na vida… Não me deixes sair da vida… Isto aqui é tão estranho!

PRÍNCIPE – O silêncio das coisas faz-me gestos que me apavoram. Onde estão as coisas… Já não há coisas… É tudo negro, tudo negro Não, Não… tudo como se fosse negro. São gente Ah, vede, vede… são figuras que passam… Não há coisas, há gente. Sobem dos abismos como exalações… Já não há cima nem baixo nas coisas.

Tudo é já diverso – mesmo o modo de se ser diverso.

X – Vede, senhor, vede, estais melhor… Já vedes coisas e antes víeis só sonhos.

PRÍNCIPE – Não, não… Passei atrás de Deus para o outro lado da ilusão… (…) Agora ouço-te: és uma figura num sonho… Amo-te com compaixão porque te julgas real… A tua alma e o teu corpo são uma só coisa, mal sabes tu o que eles te encobrem…

X – Acalmai-vos, senhor… Acostai-vos no leito… Tudo isso é sonho… Amanhã estareis melhor.

PRÍNCIPE – (numa voz calma e lenta) Ouço um ruído de fonte… Que grande noite! Que grande paz cabe no haver esta noite… É outra espécie de noite… É a própria paz… Mas que lugar tão estranho… Todo fresco de tanto abismo… Por onde é que eu vou andando?…

X – Não andais, senhor…

PRÍNCIPE – Ouvi um ruído qualquer… Que grande paisagem de abismos… (…) No fundo de um desses abismos deve estar (…) Que calma espera nos contornos invisíveis dos rochedos? Que sossego se abisma nas profundezas!... Já estou esquecido de novo... Para onde vamos nós? Não ouço caminhar... É como se estivesse a dormir enfim... Cada passo é sereno (...), cada passo é calmo como ter já chegado... Como estou calmo. Vai raiar a aurora...

X – Anoitece, meu senhor, anoitece...

PRÍNCIPE – Vede, vede... Os exércitos que eu comandei... os cavaleiros do meu séquito... vencedores ao longe... vencedores ao longe... todos eles sou eu... Vede, vede... chegam ao castelo... Que grande castelo todo do poente! Chegam ao castelo... Ah, o que é isto? Como tudo se alarga! Como tudo se aviva... Ah! o castelo está em chamas, está em chamas! Assim é que ele devia estar... assim... assim... Ondeia em chamas, alastra-se no fumo... é maior ardendo, é mais antigo ardendo... é mais meu ardendo... Cresce tudo, cresce tudo... Que deslumbramento... Há fogo nas eiras... Há fogo nas eiras... Os pinheirais estão em chama... O céu é um mar imenso em marés furiosas de fogo... Tudo transborda lume... Queima-se em mim todo o universo... Arde todo ali fora... no lume cresceu tudo para dentro... Tudo floresceu em chamas...

Vejo de mais... Há coisas a mais no espaço... Há coisas de mais em cada coisa... Há muito em tudo... Está tudo errado, pra mais... Já vai mudar tudo... O fogo é já de outra cor... Ah... tudo é negro... tudo é negro... tudo é negro outra vez... Há ruídos de grandes quedas; há choques de exércitos na noite... Ninguém sabe se vence... Tropéis de cavalos no longe... Onde está o mundo? Onde está o mundo? onde há coisas? onde há coisas? onde há coisas?

X – Meu senhor, meu senhor...

PRÍNCIPE – Já não sei nada... (...) Fala-me... Fala-me... Fala-me... De que lado da minha alma é que soa a tua voz?

DIÁLOGO NO JARDIM DO PALÁCIO

A. O nosso pai e a nossa mãe foram os mesmos. Nós somos, portanto, a mesma coisa; somos um só, ainda que pareçamos dois? Ou não somos – e o que interveio entre nossos pais e nós para que pudéssemos ser diversos? O que é que me separa de ti? Estendo a mão e toco-te e não sei o que é tocar-te... Olho-te e não percebo o que é ver-te. Para mim és mais real do que eu própria porque te vejo todo, porque te posso ver as costas e não a mim... Para mim existo apenas de um lado... Oh, se eu pudesse compreender o que estou dizendo!

B. Que vês tu de mim? O meu corpo. Tu à minha alma não vês.

A. Mas nem a minha vejo, e ao meu corpo mal o vejo. Não o vejo como um corpo se deve ver para parecer real. Olho para baixo para ele, não olho para diante como para ver o teu. Se ao menos eu me sentisse sentindo meu corpo! Mas não me sinto dentro nem fora. Nem sou nem existo, o meu corpo. São – corpo e alma – qualquer coisa que eu não possuo. *(Pausa)* Ah! e quando nos espelhos que me refletem me vejo de costas, andando, ou me vejo de lado – encho-me do terror do meu mistério. Sinto-me horrorosamente coexistir comigo [própria]. Ando atada a um meu sonho que sou eu. Quando me vejo de costas nos espelhos parece que tenho um outro ser, que sou outra coisa. Estranho-me por fora... Que horror que não possamos ver mais do que um lado do nosso corpo de cada vez. Que se passará do lado que não estamos vendo quando nós o não estamos vendo? (...) Reparaste já que não podemos ver mais do que dois lados do palácio ao mesmo tempo? Que Deus se estará pousando sempre do lado para que não podemos olhar? Se tu soubesses como a minha vida é pensar nisto!

B. Ah, tudo isso não me perturba tanto como a minha voz, quando soa de mim e eu penso que não a criei, nem sei o que ela é, e a trago comigo como uma coisa minha. Falo e reparo nas palavras e no mistério de elas significarem. Nunca te escutaste? Tu nunca te escutaste? Mais do que ver-me de fora, o que os teus espelhos, ainda assim, te conseguem, eu queria ouvir-me de fora! Tapo os ouvidos às vezes, para ouvir a minha voz dentro de mim, e ouço apenas um sussurro, como se estivesse mais perto de mim, e começasse já a conhecer de quem é a voz que é minha. E tenho um medo que não me deixa continuar...

A. Ah, e os outros sentidos! A quem te sabes tu na tua boca? Que cheiras tu quando não cheiras nada? E quando tocas com uma mão no teu braço ou na tua face – pensaste já que a tua mão é que toca na tua face e não a tua face na tua mão, mantém a tua face sob a tua mão e será sempre a tua mão que toca, e a tua face a que é tocada.

B. Mesmo o tocar nas coisas – que estranho. Se eu tiver aquela pedra na mão, daí a pouco não a sinto já – parece que pertence ao corpo. Que mistério que é tudo! Andamos a dormir para nós próprios. Quanta alma durará o nosso sono?

(Uma pausa)

A. Às vezes, quando penso muito adentro, sabe-me a que corpo e alma são uma coisa só... Parece-me então que realmente vemos as coisas de dois lados, que a alma das coisas é aquilo que nos parece que não vemos delas... Não, não é isto que eu te quero dizer... Vê, não sei pensar o meu pensamento!

B. Sim, compreendo o que não disseste. Mas o corpo não existe, talvez: é a alma vista pela [ ] de si-própria.

A. Não. Não é assim. Não é assim. Mas eu não sei como é.

B. Vamos jogar, se quiseres, um jogo novo. Joguemos a que somos um só. Talvez Deus nos ache graça e nos perdoe ter-nos criado... Senta-te aqui, defronte de mim e chegada a mim. Encosta os teus joelhos aos meus joelhos e toma as minhas mãos nas tuas... Assim... Agora fecha os olhos. Fecha-os bem e pensa... e pensa... Em que deverás pensar? Não, não penses em nada. Trata de não pensar em nada, de não querer sentir, de não saber que ouves ou que podes ver, ou que podes sentir as mãos, se quiseres pensar que elas existem... Assim, amor... Não movas nem o corpo nem a alma

(Uma pausa)

B. O que sentiste?

A. Primeiro nada... Foi um espanto de ti e de mim... Depois que me esqueci de tudo, meu corpo cessou. Quis abrir os olhos mas tive um grande medo de os abrir. Depois cessei ainda mais... Fui pouco a pouco nem tendo alma. Encontrei-me sendo um grande abismo em forma poço, sentindo vagamente que o universo com os seus corpos e as suas almas estavam muito longe. Esse poço não tinha paredes mas eu sentia-o poço, sentia-o estreito, circular e profundo. Comecei então a sentir o grande horror – ah, já não poder senti-lo! – é que esse poço era um poço para dentro de si próprio, para dentro não do meu ser nem do meu ser poço, mas para dentro de si próprio, nem sei como. (…)

B. (numa voz muito apagada) Depois? Depois?

A. Depois desci… Encontrei no pensamento uma dimensão desconhecida por onde fiz o meu caminho… É como se se abrisse no escuro um vácuo. O súbito pavor de uma Porta… Assim no meu pensamento uno, vácuo abstracto, uma porta se abriu, um Poço por onde fui descendo. Compreendes bem, não compreendes? Foi no pensamento todo abstracto e sem diferenças nem fins, nem ideias, nem ser, que um Poço se abriu… E eu desci, ao contrário do que se desce – ao contrário por dentro do ao contrário…

(*Pausa*)

B. Continua, continua…

A. Desci mais, sempre mais… e sempre nessa nova direcção. Mas… (ajuda-me a poder dizer isto!) (…)

A. Oh, que horror! que horror o que estou sentindo! Arrancam-me a alma como os olhos para não ver! Sabes o que eu sinto? (…)
Sinto-o como se o visse – como se o visse e aquilo nem pensar se pode! Ah, agarra-me, tem-me nos teus braços! Aperta-me! Aperta-me tanto que o teu braço me magoe (…).

B. Não quero, não quero... Tu não sabes o que senti!

A. Não ouso querer não o ouvir... Mas tenho medo...

2ª O nosso amor é parecido com o sonho porque não é senão a superfície do amor: O meu amor é impossível como realidade, possível só com amor. (...) Cada uma de nós, no nosso amor, não ama senão a si, no amor; sonha em voz alta e é ouvida. Sonha com o corpo, com os beijos, com os braços.

1ª Dir-lhe-ei que o não amo. Que melhor amante que tu? És mulher como eu e amando-te é a mim que me posso amar.

2ª Realizar o amor é desiludir-se. Quanto não desiludir-se é acostumar-se. Acostumar-se é morrer. Por mim só amei na minha vida, e amo, a um estrangeiro de quem não vi mais do que o perfil, a um cair de tarde, quando estávamos numa multidão.

1ª Mas ele sabe que o amas? Se ele não sabe que tu o amas de que serve amá-lo?

2ª O meu amor é o meu e está em mim e não nele. Que tem ele comigo senão o amo? Se eu o conhecesse a nossa primeira palavra seria a nossa primeira desilusão... (...) Valerá a pena amar o que podemos ter? Amar é querer e não ter. Amar é não ter. O que temos, temos, não amamos.

A. Se, apesar de tudo, nós nos amássemos!

B. Não, agora já não pode ser. Descobrimos num momento o que os felizes atravessaram a vida sem descobrir, e os mais infelizes levam muito tempo a achar. Descobrimos que somos dois e que por isso não nos podemos amar. Descobrimos que não se pode amar mas só supor que se ama.

A. Ah mas eu amo-te tanto, tanto! Tu se dizes isso é porque não imaginas quanto eu te amo.

B. Não, é porque sei quanto tu me não podes amar...
Escuta-me. O nosso erro foi pensar no amor. Devíamos ter pensado apenas um no outro. Assim, descobrimo-nos, despimo-nos da ilusão para vermos bem como éramos e vimos que éramos apenas como a ilusão nos fizera. No fundo não somos nada senão Dois. No fundo somos uma epopeia eterna – o Homem e a Mulher... (...)

A. Oh, meu amor, não pensemos mais, não pensemos mais. Amemos sem pensar. Maldito seja o pensamento! Se não pensássemos seríamos sempre felizes... Que tem quem ama com o saber que ama, com pensar amor, com o que é o amor?...

B. Não podemos deixar de querer compreender. (...) Quanto mais penso em tudo, mais tudo se me resolve em oposições, em divisões, em conflitos! Mataste de todo a minha felicidade! Agora mesmo que eu quisesse sonhar, nem isso podia fazer. O mundo é absurdo como um quarto sem porta nenhuma... Que alegria se não pensássemos, e que horror o havermos pensado!

A. Agora podemos sonhar... Vem. E não penses mais, não olhes mais para o amor.

B. Não... Agora é impossível. Podemos não pensar, mas não esquecer que pensámos... Sejamos fortes e separemo-nos agora para sempre. Oxalá nos possamos esquecer e esquecer que sonhámos o amor e vimos que ele era uma estátua vã... Olha, tolda-se o céu... Levanta-se o vento. Vai chover...

A. Já não ouso dizer-te que te amo, mas amar-te-ei sempre. Tu não me devias ter amado... Tu...

B. Nada devia ser comigo é... Fomos infelizes, mais nada. A curva desta estrada foi tal que dela vimos o amor e não pudemos amar mais.

A. Tu não me amaste nunca. Se tu me tivesses amado, tu não podias dizer isso. Se tu me tivésses amado tu não pensavas no amor, pensavas em mim. Sim, agora está tudo acabado, mas porque entre nós nunca houve senão o meu amor. Amaste-me talvez porque pensaste que eu te amava ou que te devia amar. Não sei porque me amaste, mas não foi por me teres amor... Porque me olhas assim tão diferente e alheado?

B. Porque reparo agora em quão pouco sabemos do que somos, do que pensamos, do que nos leva. Subiu-me agora à compreensão o que tudo isto é de complexo e absurdo. Não nos podemos compreender. Entre alma e alma há um abismo enorme. O que nós descobrimos afinal foi isso: eu vejo-o e tu não o queres ver. Mas eu descobri mais, ao reparar que não sei o que devo fazer – é que entre nós e mim próprio se abre um abismo também. Andamos como sonâmbulos numa terra de abismo (...)

A. Adeus, sê feliz e esquece-me. Não te demores que chove mais. Na curva da estrada há uma árvore grande onde te abrigares. (...) Vai depressa, vai depressa. Chove mais.

(Fica parada a dizer-lhe de vez em quando adeus com a mão, num pranto apagado e tímido).

"TENHO EM MIM TODOS OS SONHOS DO MUNDO"

Fernando António Nogueira Pessoa nasceu em Lisboa, Portugal, no dia 13 de junho de 1888, filho de Joaquim de Seabra Pessoa, natural de Lisboa, e de Maria Magdalena Pinheiro Nogueira Pessoa, natural dos Açores. O pai morreu de tuberculose, quando ele contava apenas cinco anos de idade. A mãe casou-se novamente com o comandante militar João Miguel Rosa – por procuração, já que ele fora nomeado cônsul de Portugal em Durban, na África do Sul. Era o ano de 1896, e Fernando Pessoa segue a família, de mudança para a África do Sul. Lá, recebe educação inglesa no colégio de freiras e na Durban High School.

Fernando Pessoa começou a escrever poemas ainda criança. Seu primeiro texto data de 1895, quando tinha sete anos. De acordo com estudos, na adolescência ele era um rapaz tímido, bastante inteligente, bom aluno e dono de grande imaginação. Em 1901, escreveu seus primeiros poemas, em inglês. Com 16 anos já havia lido os grandes autores da língua inglesa, como William Shakespeare, John Milton e Edgar Allan Poe. Em 1902, a família voltou para Lisboa. Em 1903, Fernando Pessoa retornou sozinho para a África do Sul e frequentou a Universidade de Capetown (Cabo da Boa Esperança). Três anos depois, retornou a Lisboa e matriculou-se na Faculdade de Letras, porém deixou o curso no ano seguinte. Ele preferia estudar por conta própria na Biblioteca Nacional. Lia livros em inglês e português e podia dispor do seu tempo como quisesse, para dedicar-se à leitura e à escrita. Ao longo da juventude, recusou vários bons empregos. Só em 1908 passou a trabalhar como tradutor autônomo em escritórios comerciais.

Em 1912, Fernando Pessoa estreou como crítico literário na revista *Águia* e em 1914, como poeta em *A Renascença*. A partir de 1915 liderou o grupo que criou a revista *Orpheu*, responsável por divulgar as ideias modernistas em Portugal e também no Brasil, entre eles, Mário de Sá-Carneiro, Raul Leal, Luís de Montalvor, Almada Negreiros e o brasileiro Ronald de Carvalho.

Pessoa gostava de fazer reflexões sobre identidade, verdade e existencialismo. Algumas de suas poesias tinham caráter nacionalista.

A revista foi a porta-voz dos ideais de renovação futurista desejados pelo grupo, defendendo a liberdade de expressão, numa época em que Portugal atravessava profunda instabilidade político-social da Primeira República.

Valendo-se dos heterônimos, Pessoa apresentava características como desdobramento do "eu", multiplicação de identidades e sinceridade do fingimento.

"Esta tendência para criar em torno de mim um outro mundo, igual a este, mas com outra gente, nunca me saiu da imaginação."

Cada heterônimo de Fernando Pessoa apresentava personalidade própria: características físicas, atividades literárias específicas, visões políticas e religiosas particulares. Confira a seguir os heterônimos mais conhecidos:

Os principais heterônimos são: Alberto Caeiro, Álvaro de Campos, Ricardo Reis e Bernardo Soares, todos eles com biografia própria – ou seja, indivíduos diferentes, por isso chamados heterônimos, não pseudônimos.

ALBERTO CAEIRO

Nasceu em Lisboa, em 16 de abril de 1889. Órfão de pai e mãe, só teve instrução primária e viveu quase toda a vida no campo, sob a proteção de uma tia. Poeta de contato com a natureza, extraindo dela os valores ingênuos com os quais alimenta a alma.

Para Caeiro, "tudo é como é", "tudo é assim como é assim", o poeta reduz tudo à objetividade, sem a mediação do pensamento. O poema "O guardador de rebanhos" mostra a forma simples e natural de sentir e dizer desse poeta. Alberto Caeiro morreu tuberculoso, 1915.

RICARDO REIS

Nasceu na cidade do Porto, Portugal, no dia 19 de setembro de 1887. Teve formação em escola de jesuítas e estudou medicina. Monarquista, exilou-se no Brasil, por não concordar com a Proclamação da República Portuguesa.

Foi profundo admirador da cultura clássica, tendo estudado latim, grego e mitologia. A obra de Reis é a ode clássica, cheia de princípios aristocráticos.

BERNARDO SOARES

É um dos heterônimos que o próprio Fernando Pessoa definiu como sendo um "semi-heterônimo". É o autor de *O livro do desassossego*.

ÁLVARO DE CAMPOS

Foi o mais importante heterônimo de Fernando Pessoa, nasceu no extremo sul de Portugal, em Tavira, em 15 de outubro de 1890. É o poeta moderno, aquele que vive as ideologias do século XX. Estudou engenharia naval, na Escócia, mas não podia suportar viver confinado em escritórios.

De temperamento rebelde e agressivo, seus versos reproduzem a revolta e o inconformismo, manifestados através de uma verdadeira revolução poética. Escreveu "Ode Triunfal", "Ode Marítima" e "Tabacaria".

Um dos poemas mais importantes de Álvaro de Campos, "Tabacaria" é marcante pelo desalento que caracteriza o poeta.

O MARINHEIRO E OUTROS TEXTOS DRAMÁTICOS

POEMA TABACARIA (versão completa)

Não sou nada.
Nunca serei nada.
Não posso querer ser nada.
À parte isso, tenho em mim todos os sonhos do mundo.

Janelas do meu quarto,
Do meu quarto de um dos milhões do mundo que ninguém sabe quem é
(E se soubessem quem é, o que saberiam?),
Dais para o mistério de uma rua cruzada constantemente por gente,
Para uma rua inacessível a todos os pensamentos,
Real, impossivelmente real, certa, desconhecidamente certa,
Com o mistério das coisas por baixo das pedras e dos seres,
Com a morte a pôr umidade nas paredes e cabelos brancos nos homens,
Com o Destino a conduzir a carroça de tudo pela estrada de nada.

Estou hoje vencido, como se soubesse a verdade.
Estou hoje lúcido, como se estivesse para morrer,
E não tivesse mais irmandade com as coisas
Senão uma despedida, tornando-se esta casa e este lado da rua
A fileira de carruagens de um comboio, e uma partida apitada
De dentro da minha cabeça,
E uma sacudidela dos meus nervos e um ranger de ossos na ida.

Estou hoje perplexo, como quem pensou e achou e esqueceu.
Estou hoje dividido entre a lealdade que devo
À Tabacaria do outro lado da rua, como coisa real por fora,
E à sensação de que tudo é sonho, como coisa real por dentro.
Falhei em tudo.
Como não fiz propósito nenhum, talvez tudo fosse nada.
A aprendizagem que me deram,
Desci dela pela janela das traseiras da casa.
Fui até ao campo com grandes propósitos.

Mas lá encontrei só ervas e árvores,
E quando havia gente era igual à outra.
Saio da janela, sento-me numa cadeira. Em que hei de pensar?

Que sei eu do que serei, eu que não sei o que sou?
Ser o que penso? Mas penso tanta coisa!
E há tantos que pensam ser a mesma coisa que não pode haver tantos!
Gênio? Neste momento
Cem mil cérebros se concebem em sonho gênios como eu,
E a história não marcará, quem sabe?, nem um,
Nem haverá senão estrume de tantas conquistas futuras.
Não, não creio em mim.
Em todos os manicômios há doidos malucos com tantas certezas!
Eu, que não tenho nenhuma certeza, sou mais certo ou menos certo?
Não, nem em mim...
Em quantas mansardas e não-mansardas do mundo
Não estão nesta hora gênios-para-si-mesmos sonhando?
Quantas aspirações altas e nobres e lúcidas –
Sim, verdadeiramente altas e nobres e lúcidas –,
E quem sabe se realizáveis,
Nunca verão a luz do sol real nem acharão ouvidos de gente?
O mundo é para quem nasce para o conquistar
E não para quem sonha que pode conquistá-lo, ainda que tenha razão.
Tenho sonhado mais que o que Napoleão fez.
Tenho apertado ao peito hipotético mais humanidades do que Cristo,
Tenho feito filosofias em segredo que nenhum Kant escreveu.
Mas sou, e talvez serei sempre, o da mansarda,
Ainda que não more nela;
Serei sempre o que não nasceu para isso;
Serei sempre só o que tinha qualidades;
Serei sempre o que esperou que lhe abrissem a porta ao pé de uma parede sem porta,
E cantou a cantiga do Infinito numa capoeira,
E ouviu a voz de Deus num poço tapado.
Crer em mim? Não, nem em nada.

Derrame-me a Natureza sobre a cabeça ardente
O seu sol, a sua chuva, o vento que me acha o cabelo,
E o resto que venha se vier, ou tiver que vir, ou não venha.
Escravos cardíacos das estrelas,
Conquistámos todo o mundo antes de nos levantar da cama;
Mas acordamos e ele é opaco,
Levantamo-nos e ele é alheio,
Saímos de casa e ele é a terra inteira,
Mais o sistema solar e a Via Láctea e o Indefinido.

(Come chocolates, pequena;
Come chocolates!
Olha que não há mais metafísica no mundo senão chocolates.
Olha que as religiões todas não ensinam mais que a confeitaria.
Come, pequena suja, come!
Pudesse eu comer chocolates com a mesma verdade com que comes!
Mas eu penso e, ao tirar o papel de prata, que é de folha de estanho,
Deito tudo para o chão, como tenho deitado a vida.)

Mas ao menos fica da amargura do que nunca serei
A caligrafia rápida destes versos,
Pórtico partido para o Impossível.
Mas ao menos consagro a mim mesmo um desprezo sem lágrimas,
Nobre ao menos no gesto largo com que atiro
A roupa suja que sou, em rol, pra o decurso das coisas,
E fico em casa sem camisa.

(Tu, que consolas, que não existes e por isso consolas,
Ou deusa grega, concebida como estátua que fosse viva,
Ou patrícia romana, impossivelmente nobre e nefasta,
Ou princesa de trovadores, gentilíssima e colorida,
Ou marquesa do século dezoito, decotada e longínqua,
Ou cocote célebre do tempo dos nossos pais,

Fernando Pessoa

Ou não sei quê moderno – não concebo bem o quê –
Tudo isso, seja o que for, que sejas, se pode inspirar que inspire!
Meu coração é um balde despejado.
Como os que invocam espíritos invocam espíritos invoco
A mim mesmo e não encontro nada.
Chego à janela e vejo a rua com uma nitidez absoluta.
Vejo as lojas, vejo os passeios, vejo os carros que passam,
Vejo os entes vivos vestidos que se cruzam,
Vejo os cães que também existem,
E tudo isto me pesa como uma condenação ao degredo,
E tudo isto é estrangeiro, como tudo.)

Vivi, estudei, amei e até cri,
E hoje não há mendigo que eu não inveje só por não ser eu.
Olho a cada um os andrajos e as chagas e a mentira,
E penso: talvez nunca vivesses nem estudasses nem amasses nem cresses
(Porque é possível fazer a realidade de tudo isso sem fazer nada disso);
Talvez tenhas existido apenas, como um lagarto a quem cortam o rabo
E que é rabo para aquém do lagarto remexidamente.

Fiz de mim o que não soube
E o que podia fazer de mim não o fiz.
O dominó que vesti era errado.
Conheceram-me logo por quem não era e não desmenti, e perdi-me.
Quando quis tirar a máscara,
Estava pegada à cara.
Quando a tirei e me vi ao espelho,
Já tinha envelhecido.
Estava bêbado, já não sabia vestir o dominó que não tinha tirado.
Deitei fora a máscara e dormi no vestiário
Como um cão tolerado pela gerência
Por ser inofensivo
E vou escrever esta história para provar que sou sublime.

O MARINHEIRO E OUTROS TEXTOS DRAMÁTICOS

Essência musical dos meus versos inúteis,
Quem me dera encontrar-me como coisa que eu fizesse,
E não ficasse sempre defronte da Tabacaria de defronte,
Calcando aos pés a consciência de estar existindo,
Como um tapete em que um bêbado tropeça
Ou um capacho que os ciganos roubaram e não valia nada.

Mas o Dono da Tabacaria chegou à porta e ficou à porta.
Olho-o com o desconforto da cabeça mal voltada
E com o desconforto da alma mal-entendendo.
Ele morrerá e eu morrerei.
Ele deixará a tabuleta, eu deixarei os versos.
A certa altura morrerá a tabuleta também, os versos também.
Depois de certa altura morrerá a rua onde esteve a tabuleta,
E a língua em que foram escritos os versos.
Morrerá depois o planeta girante em que tudo isto se deu.
Em outros satélites de outros sistemas qualquer coisa como gente
Continuará fazendo coisas como versos e vivendo por baixo de coisas como
  tabuletas,
Sempre uma coisa defronte da outra,
Sempre uma coisa tão inútil como a outra,
Sempre o impossível tão estúpido como o real,
Sempre o mistério do fundo tão certo como o sono de mistério da superfície,
Sempre isto ou sempre outra coisa ou nem uma coisa nem outra.

Mas um homem entrou na Tabacaria (para comprar tabaco?)
E a realidade plausível cai de repente em cima de mim.
Semiergo-me enérgico, convencido, humano,
E vou tencionar escrever estes versos em que digo o contrário.

Acendo um cigarro ao pensar em escrevê-los
E saboreio no cigarro a libertação de todos os pensamentos.
Sigo o fumo como uma rota própria,

Fernando Pessoa

E gozo, num momento sensitivo e competente,
A libertação de todas as especulações
E a consciência de que a metafísica é uma consequência de estar mal disposto.

Depois deito-me para trás na cadeira
E continuo fumando.
Enquanto o Destino mo conceder, continuarei fumando.

(Se eu casasse com a filha da minha lavadeira
Talvez fosse feliz.)
Visto isto, levanto-me da cadeira. Vou à janela.

O homem saiu da Tabacaria (metendo troco na algibeira das calças?).
Ah, conheço-o; é o Esteves sem metafísica.
(O Dono da Tabacaria chegou à porta.)
Como por um instinto divino o Esteves voltou-se e viu-me.
Acenou-me adeus, gritei-lhe Adeus ó Esteves!, e o universo
Reconstruiu-se-me sem ideal nem esperança, e o Dono da Tabacaria sorriu.

Em outubro de 1924, juntamente com o artista plástico Ruy Vaz, Fernando Pessoa lançou a revista *Athena*, na qual fixou o "drama em gente" dos seus heterônimos, publicando poesias de Ricardo Reis, Álvaro de Campos e Alberto Caeiro, bem como do ortônimo Fernando Pessoa – "O nada que é tudo" e "Autopsicografia".

AUTOPSICOGRAFIA

O poeta é um fingidor.
Finge tão completamente
Que chega a fingir que é dor
A dor que deveras sente.

E os que leem o que escreve,
Na dor lida sentem bem,
Não as duas que ele teve,
Mas só a que eles não têm.

E assim nas calhas de roda
Gira, a entreter a razão,
Esse comboio de corda
Que se chama coração.

Considerado um dos principais nomes da literatura mundial e, em especial, da literatura portuguesa, Fernando Pessoa foi escritor, poeta, redator e tradutor. Uma de suas traduções mais festejadas é *O corvo*, do norte-americano Edgar Allan Poe.

No número três da revista *Sudoeste*: cadernos de Almada Negreiros de novembro de 1935 (mês da sua morte), encontra-se um breve artigo da sua autoria intitulado "Nós os de Orpheu" e o poema "Concelho".

Concelho

Cerca de grandes muros quem te sonhas.
Depois, onde é visível o jardim
Através do portão de grade dada,
Põe quantas flores são as mais risonhas,
Para que te conheçam só assim.
Onde ninguém o vir não ponhas nada.
Faze canteiros como os que outros têm,
Onde os olhares possam entrever
O teu jardim como lho vais mostrar.
Mas onde és teu, e nunca o vê ninguém
Deixa as flores que vêm do chão crescer
E deixa as ervas naturais medrar.
Faze de ti um duplo ser guardado;
E que ninguém, que veja e fite, possa
Saber mais que um jardim de quem tu és –
Um jardim ostensivo e reservado,
Por trás do qual a flor nativa roça
A erva tão pobre que nem tu a vês...

Na véspera de sua morte, escreveu a lápis, em inglês, a seguinte frase: *"I know not what tomorrow will bring"* (Não sei o que o amanhã trará).

Fernando Pessoa faleceu em Lisboa, Portugal, no dia 30 de novembro de 1935, vítima de cirrose hepática, e deixou como legado mais de 25 mil folhas escritas, as quais estão guardadas na Biblioteca Nacional de Portugal. Entre suas redações, encontram-se poesias, peças de teatro, contos, ensaios filosóficos, críticas literárias, traduções, teorias linguísticas, textos políticos, cartas astrológicas, entre outras.

Na comemoração do centenário do nascimento de Pessoa, em 1988, o seu corpo foi trasladado para o Mosteiro dos Jerónimos, confirmando o reconhecimento que não teve em vida.

> *O poeta é um fingidor.*
> *Finge tão completamente*
> *Que chega a fingir que é dor*
> *A dor que deveras sente.*
>
> Fernando Pessoa, fevereiro de 1925

OBRAS PUBLICADAS EM VIDA

- 35 Sonnets
- Antinous
- Inscriptions
- Mensagem, 1934

OBRAS PÓSTUMAS

- Poesias de Fernando Pessoa, 1942
- Poesias de Álvaro de Campos, 1944
- A nova poesia portuguesa, 1944
- Poesias de Alberto Caeiro, 1946
- Odes de Ricardo Reis, 1946
- Poemas dramáticos, 1952
- Poesias inéditas I e II, 1955 e 1956
- Textos filosóficos, 2 v, 1968
- Novas poesias inéditas, 1973
- Poemas ingleses publicados por Fernando Pessoa, 1974
- Cartas de amor de Fernando Pessoa, 1978
- Sobre Portugal, 1979

Fernando Pessoa

- Textos de crítica e de intervenção, 1980
- Carta de Fernando Pessoa a João Gaspar Simões, 1982
- Cartas de Fernando Pessoa a Armando Cortes Rodrigues, 1985
- Obra poética de Fernando Pessoa, 1986
- O guardador de rebanhos de Alberto Caeiro, 1986
- Primeiro Fausto, 1986

CRONOLOGIA

1888 Fernando António Nogueira Pessoa nasce em 13 de junho. É batizado no mês seguinte.

1893 Em janeiro, nasce seu irmão Jorge. Em 24 de julho, o pai morre, vítima de tuberculose. Em situação difícil, a família é obrigada a leiloar parte dos bens.

1894 Em janeiro, morre o irmão Jorge, com apenas 1 ano de idade. Fernando Pessoa cria o seu primeiro heterônimo. O futuro padrasto, João Miguel Rosa, é nomeado cônsul interino em Durban, na África do Sul.

1895 Em julho, Fernando escreve o seu primeiro poema, e João Miguel Rosa parte para Durban. Em dezembro, João Miguel Rosa casa-se com a mãe de Fernando Pessoa, por procuração.

1896 Em 7 de janeiro, é concedido o passaporte à mãe de Fernando Pessoa, e toda a família parte para Durban. Em 27 de novembro, nasce Henriqueta Madalena, irmã do poeta.

1897 Fernando Pessoa ingressa na escola e faz a primeira comunhão em West Street.

1898 Nasce, em 22 de outubro, sua segunda irmã, Madalena Henriqueta.

1899 Fernando Pessoa ingressa na Durban High School no mês de abril. Nessa data, cria o pseudônimo Alexander Search.

1900 Em janeiro, nasce Luís Miguel, o terceiro filho do casal. Em junho, Fernando Pessoa passa para a Form III e é premiado em francês.

1901 No mês de junho, Fernando Pessoa é aprovado no exame da Cape School High Examination. Madalena Henriqueta falece e Fernando começa a escrever as primeiras poesias em inglês. Em agosto, parte com a família para uma visita a Portugal.

1902 Em janeiro, nasce seu irmão João Maria, em Lisboa. Fernando Pessoa vai à ilha Terceira em maio. Em junho, a família retorna a Durban. Em setembro, ele volta sozinho para Durban.

1903 Submete-se ao exame de admissão à Universidade do Cabo, tirando a melhor nota no ensaio em inglês e ganhando assim o Prêmio Rainha Vitória.

1904 Em agosto, nasce sua irmã Maria Clara. Em dezembro termina os estudos na África do Sul.

1905 Parte definitivamente para Lisboa, onde passa a viver com a avó Dionísia. Continua a escrever poemas em inglês.

1906 Matricula-se, no mês de outubro, no Curso Superior de Letras. A mãe e o padrasto retornam a Lisboa e Fernando Pessoa volta a morar com eles. Falece sua irmã Maria Clara em Lisboa.

1907 A família retorna uma vez mais a Durban. Pessoa fica morando com a avó. Ele desiste do Curso Superior de Letras. Em agosto, a avó morre. Durante um curto período, Pessoa estabelece uma tipografia.

1908 Começa a trabalhar como correspondente estrangeiro em escritórios comerciais.

1910 Escreve poesia e prosa em português, inglês e francês.

1912	Publica na revista *Águia* o seu primeiro artigo de crítica literária. Idealiza Ricardo Reis.
1913	Intensa produção literária. Escreve *O marinheiro*.
1914	Cria os heterônimos Álvaro de Campos, Ricardo Reis e Alberto Caeiro. Escreve os poemas de *O guardador de rebanhos* e também *O livro do desassossego*.
1915	Sai em março o primeiro número da revista *Orpheu*. Pessoa "mata" Alberto Caeiro.
1916	Seu amigo Mário de Sá-Carneiro comete suicídio.
1918	Publica poemas em inglês, resenhados com destaque no *Times*.
1920	Conhece Ofélia Queiroz. Sua mãe e seus irmãos voltam para Portugal. Em outubro, atravessa uma grande depressão, que o leva a pensar em internar-se numa casa de saúde. Rompe com Ofélia.
1921	Funda a editora Olisipo, onde publica poemas em inglês.
1924	A revista *Atena*, dirigida por Fernando Pessoa e Ruy Vaz, é criada.
1925	Em 17 de março, a mãe do poeta morre em Lisboa.
1926	Dirige com seu cunhado a *Revista de Comércio e Contabilidade*. Requer patente de uma invenção sua.
1927	Passa a colaborar com a revista *Presença*.
1929	Volta a relacionar-se com Ofélia.
1931	Rompe novamente com Ofélia.
1934	Publica *Mensagem*.

1935 Em 29 de novembro, é internado com o diagnóstico de cólica hepática. Morre no dia 30 do mesmo mês.